Maíto Panduro, de Gonzalo Moure Trenor,
es la obra ganadora del XII Premio
de Literatura Infantil Ala Delta.
El jurado, que se reunió
el 20 de septiembre de 2001,
estaba compuesto por
Ana Garralón, Mª Victoria Sotomayor,
Marina Navarro, Fernando Alonso
y Mª José Gómez-Navarro.

A Covadonga Molero,
por abrirme los ojos
a la magia de esta historia.

Ésta es la historia de Maíto,

un niño que vivía en Seseña la Cueva, el barrio de chabolas que se extendía cerca de la Cueva de la Virgen, sobre el pequeño pueblo de Seseña.

Maíto había nacido diez años antes en Bilbao. Su padre se llamaba Elías Jiménez, *Panduro,* y su madre Estrella, Estrella de los Cadenilla. *Maíto,* Manuel, era el tercero de una familia muy larga. Tenía una hermana y un hermano mayor, y luego estaban los cuatro pequeños: tres niñas y un niño, Siquití. En total, siete.

Maíto Panduro era gitano, un niño guapo y despierto. Unas veces le llamaban Maíto, que era como él decía su nombre de pequeño, y otras Panduro, como a su padre. Panduro era un mote, el nombre de la familia, los Panduro, aunque en los papeles no aparecía ningún Panduro, sólo Jiménez. Su madre y sus hermanos, y también la maestra y los amigos, le llamaban Maíto, pero a los demás les exigía tratamiento y había que llamarle, y con respeto, Panduro. Él estaba orgulloso del mote familiar y de que su padre le llamara así, Panduro, o Pantito. Nunca Maíto. Sería porque se parecía a él. Maíto tenía el pelo negro como una noche sin luna, rizado y desordenado en cuanto crecía un poco, con un mechón en permanente rebeldía en su coronilla. Maíto era muy del-

gado y tosía con un trueno que le salía del pecho. Acudía cada mañana al colegio de Seseña porque al mediodía daban de comer. Ésa era una buena razón.

A Maíto le gustaba el comedor del colegio de Seseña por su comida, pero también por el olor y, sobre todo, por el ruido. Era un sonido en el que se mezclaban risas, voces, platos, cubiertos, vasos, el chirrido de los grandes carros de aluminio, el eco más sordo de la cocina, la voz de una maestra de vez en cuando... El sonido de la vida. Se levantaba contra el techo y rebotaba. Y bajaba del techo contra el suelo y volvía a rebotar, y de allí contra las paredes, y de las paredes de nuevo al techo...

Las ventanas del comedor eran escaparates verdes mirando a los prados de Seseña, en los que, de vez en cuando, había alguna vaca.

Maíto era el favorito de Susana, su maestra, «la» maestra. Susana, para Maíto, no tenía edad. Parecía un pájaro de plumón blanco que no tocaba apenas el suelo. Estaba siempre muy activa, no hablaba demasiado, y su mirada parecía verlo todo: lo bueno y lo malo. Susana nunca castigaba. Le bastaba con mirar a uno, y éste dejaba lo que estaba haciendo mal.

A Maíto le gustaba que Susana le mirara. Y que le cuidara. Maíto nunca se lo había dicho a sus hermanos ni a su madre; ni tampoco a sus amigos de Seseña la Cueva, el barrio de las chabolas: iba cada día de su barrio al colegio de Seseña guiado por la idea de la comida y, sobre todo, por el recuerdo de Susana, su maestra. La maestra.

Pues sí, le gustaba que le cuidara, que le mirara. Le gustaban sus manos tan frescas y sus dedos tan finos, sus venas azules, su bata blanca, sus ojos grandes de gorrión miope. Su voz, que tenía un gusto a sur que nadie más que Maíto había notado. Para él, la voz de Susana sabía a sur y a mañanita. Además, Susana compartía el secreto de Maíto:

SU PADRE ESTABA EN LA CÁRCEL,

en el penal del Dueso, en Santander.

Panduro había acabado en la cárcel porque una vez había vuelto a casa con un agujero en la piel. Por el agujero manaba sangre, y lo traía mal vendado cuando llegó. Su madre lloró mucho al verlo, y el Calamar llegó enseguida, en plena madrugada, a la chabola. Con el Calamar, que era el patriarca de la familia de la Cueva, venían don Sebastián, el pastor evangélico, y un señor que era médico y llevaba un maletín negro. Estuvieron dos o tres horas curándole la herida, pero al amanecer aparecieron los civiles y se llevaron a Panduro.

Maíto dejó escapar unas lágrimas, de rabia y de incomprensión, y sus hermanos pequeños también. Pero Panduro se mantuvo callado, sin decir nada, mientras Estrella le metía un lío de ropa limpia en una bolsa, con un bocadillo de salchichón.

Al irse, Panduro se había despedido de su mujer y de sus hijos, apenas con un gesto. Sólo se paró un momento para acariciar la cabeza de Maíto.

—No llores, Pantito. Estoy muy bien.

Estrella tampoco había llorado por la detención de su marido. Por la herida, sí, pero por la detención, nada. Después de que los guardias se llevaran a Panduro, también ella consoló a Maíto, para que dejara de llorar.

—El papá no ha hecho nada malo.

Maíto se limpió las lágrimas y los mocos y dijo que, entonces, su padre volvería enseguida. Pero su madre le miró a los ojos y le dijo que no.

—Se lo han llevado los «jundanares», Maíto.

Maíto entendió lo que eso quería decir. Le subió una rabia muy honda desde el pecho, y fue como el viento del sur: secó sus lágrimas del todo. Desde ese día, Maíto nunca más volvió a llorar.

Sin embargo, Susana, la maestra, notó nada más verle que Maíto no era el de siempre.

Susana solía bañar a Maíto y a otros niños del barrio de la Cueva en una bañera grande, por lo menos dos veces a la semana. Era algo que hacía a primera hora, muy temprano, antes de que empezaran las clases. Servía para que los niños estuvieran limpios, y también para quitarles los «chugales», los piojos.

A Susana le gustaba quitar chugales. Maíto esperaba en la bañera, con el agua caliente y el olor a jabón rodeándole. Susana se arrodillaba en una toalla, se inclinaba sobre la cabeza de Maíto y hacía la inspección, machacando entre sus uñas a los bichos.

—Fuera inquilinos —solía decir entre dientes.

Y de vez en cuando:

—¡Abajo los chugales!

—¡Abajo! —repetía Maíto, entre risas.

A Maíto le gustaban la bañera, los dedos de Susana, y la sensación de limpieza que le quedaba.

Pero ese día, después de la noche en la que los verdes se llevaron a Panduro,

Susana se dio cuenta de que no le hacía reír con sus cosas sobre los inquilinos, ni siquiera sonreír.

Le preguntó lo que le pasaba, y Maíto le contó todo lo ocurrido.

Susana movía la cabeza y acariciaba la de Maíto, mojada y caliente, mientras le escuchaba.

Maíto le pidió que no se lo dijera a nadie.

—El papá volverá pronto —dijo, muy serio, Maíto—. No ha hecho nada malo.

—Será nuestro secreto, Maíto.

Y así fue. Nadie pareció enterarse, y si alguien se enteró, no hubo ni comentarios ni bromas crueles.

Un par de semanas más tarde,

Susana le volvió a preguntar

por su padre. Maíto le contó lo poco que sabía. Que lo habían llevado al hospital, de allí al juzgado, y por fin a la cárcel.

—¿Has hablado con él?

—¿Yo? Qué va.

—¿Y tu madre?

Maíto sacudió la cabeza.

—No.

—¿Y por qué no le escribes?

Maíto estuvo un rato callado, frotándose el pecho con la esponja áspera con la que Susana le rascaba la espalda y el cuello. Al final le confesó la verdad: su padre, Panduro, no sabía leer.

—Da igual. Alguien se la leerá.

Después de las clases, los dos se quedaron un rato solos en el aula.

—¿Y qué le pongo?

Susana le dijo que pusiera que estaba muy bien, que su madre también, que sus hermanos también, que le esperaban, que ojalá volviera pronto; pero que no se preocupara por ellos, que él estaba estudiando mucho y que también le quería mucho.

Todo era verdad, sobre todo que estaba estudiando mucho. Y eso que no lo aparentaba. A Maíto le gustaba hacerse el gracioso. Le parecía que estudiar y aprender era cosa de niñas, y ante los compa-

ñeros, y en los ejercicios, se hacía el ignorante. Susana se lo aguantaba, aunque sabía de sobra lo que el chaval iba progresando. Leía ya muy bien, todo seguido y con mucho sentido, y empezaba a escribir de una manera más que aceptable. Con las matemáticas, no digamos. Las preguntas más difíciles, siempre las sabía contestar con una rapidez asombrosa. Era lo único de su inteligencia que mostraba a los compañeros, y sólo porque les mataba de risa con su habilidad. Si Susana proponía una multiplicación o una división de tres cifras, todos se ponían a hacer cálculos sobre el cuaderno, mientras que Maíto cerraba los ojos apenas un segundo, y contestaba:

—82.800.

En lugar de molestarse porque lo hiciera tan deprisa, y sin tener que usar el cuaderno, sus compañeros se reían. Para ellos, era una más de las excentricidades de Maíto. Los niños gitanos solían tener grandes problemas con la aritmética. Sobre todo, si era abstracta. Dos y dos, decían, no es nada. Pero dos burros y otros dos, eso sí, eran cuatro burros. De modo que la habilidad de Maíto para calcular los números sin pensar siquiera, era muy rara.

—¿Y cómo lo sabes? —preguntaba Susana.

—Se me aparece —contestaba Maíto.

Más risas. Y Maíto, feliz.

Otras veces, las «apariciones» de Maíto venían de los libros. Aunque éstas no las compartía con nadie. Cuando Susana leía un cuento en clase, Maíto cerraba los ojos, y su mente se iba al país de los sueños, y en él veía lo que pasaba en el cuento. Si Susana decía una palabra que le sonaba misteriosa y bonita, como *Sáhara* o *vere-*

da, Maíto imaginaba países, animales, bosques, desiertos, aventuras.

—¿Qué piensas, Maíto?

—Nada. Estaba viajando.

Muchas más risas.

Ese día puso mucho cuidado al escribir la carta a su padre. Susana le dijo que se la tendría que leer algún amigo que supiera, «a lo mejor, un payo», y que por eso era aún más importante que estuviera bien escrita, sin faltas y con buena letra.

—¿Qué se habrán creído los payos? —reía Susana.

Maíto sabía muy bien lo que se creían los payos de los gitanos, pero no lo dijo. Ni tampoco lo que los gitanos se creían de los payos; eso también lo sabía.

Al final, Susana le pidió que firmara.

Maíto tenía una firma bonita, en forma de barquito, en la que la *te* parecía el palo de la vela, la *eme* la proa, y la *o* la rueda del timón. Pero esta vez, en lugar de Maíto, puso Pantito, que era como le gustaba a su padre llamarle. Ahora la firma parecía un velero aún más grande.

—Te ha salido muy bien.

Maíto dibujó la silueta de un pájaro encima de la *i* de Pantito, en el lugar del punto.

—Mi padre también dibuja.

—¿De verdad?

—Una vez me dibujó los caballos de Pacillano, y a mi prima Palante.

—¿Pacillano? ¿Dónde está eso?

Maíto no sabía muy bien dónde estaba Pacillano.

—Por la montaña, yo qué sé.

—Pacillano está en tierra de *vaqueiros* —dijo Susana al día siguiente, mientras le preparaba a Maíto un bocadillo—. Lo he encontrado en la enciclopedia.

MAÍTO NO SABÍA

lo que quería decir «tierra de *vaqueiros*». Lo único que sabía era que tenía familia en Pacillano, en la montaña, y que su padre, Panduro, había vivido con ellos una buena temporada, antes de casarse con Estrella de los Cadenilla. Pero suponía que *vaqueiros* quería decir que tenían vacas.

—Tenían caballos, vacas y toros, y mi padre trabajaba con la familia, los Radamés.

—Pues eso mismo: los *vaqueiros* cuidan ganado, sobre todo vacas. En invierno viven en el valle, y en verano en la montaña. Son casi nómadas, y no les gusta que a los pastos les pongan alambradas.

—¿Qué es *nómadas*?

Cuando hablaba con Susana, Maíto preguntaba por todas las palabras que no entendía.

—¿Nómadas? Gente sin casa fija, que van de aquí para allá. Los nómadas llevan al ganado en busca de pastos. Debe de ser una buena familia, esa de los Radamés.

—Sí, eso dice mi padre.

—¿Pero no son gitanos?

—Sí, claro que son gitanos.

«Panduro —pensó Maíto— no hablaba mucho casi nunca, pero cuando se refería a Pacillano, se le notaba que estaba orgulloso de su familia, sí.» Hacía un año, Panduro había ido a Pacillano, a ver a los

Radamés. Maíto hubiera querido ir con él, pero Panduro le dijo que no podía. Al volver le contó algo más de ellos. A pesar de ser gitanos, llevaban ya más de cinco generaciones viviendo en la misma casa, en la misma aldea, como si fueran payos. En verano, subían todos, con los caballos y el ganado, a las cumbres de hierba fresca, en Valdelobos, donde tenían una casa de piedra negra situada en una pequeña llanura con una laguna en medio, a la que llamaban Pacillanín.

Era una gran familia de dieciséis personas: el tío Radamés; sus dos hijos, Antonio y Luisón; sus mujeres, Covadonga y Mercedes; y sus hijas e hijos, entre los que había una prima guapa y cantaora que se llamaba Esperanza, un niño sordomudo que tenía el apodo de Mutis, y una prima de la misma edad que Maíto a la que llamaban Palante y que «vivía a caballo».

Eso de que la prima Palante «viviera a caballo» era un misterio para Maíto. Se le «aparecía» durmiendo encima del caballo con una almohada, o comiendo sopa, muy seria, sentada en la montura con las piernas cruzadas.

Susana le dijo a Maíto que ya había mandado la carta a Panduro, al penal del Dueso.

—Ahora, a esperar que conteste.

Maíto le preguntó si le escribiría a la chabola, pero Susana había puesto la dirección del colegio.

—La carta me la mandará a mí, y yo te la daré a ti.

Maíto contaba los días que pasaban. Uno, tres, cinco, nueve... La carta de respuesta no llegó hasta el duodécimo día.

—Mira.

Se la dio antes de bañarle y de buscarle los chugales.

—¿La puedo leer ahora?

—Primero te baño, que Siquití está esperando.

Susana se daba una buena paliza todas las mañanas con el jabón y la esponja. Acababa hecha una sopa, y un poco incómoda por lo que pudieran pensar los demás. Lo hacía porque había que hacerlo, porque los niños de las chabolas venían llenos de piojos y alguien tenía que quitárselos, pero prefería hacerlo discretamente.

Maíto se secó con la toalla tan deprisa como pudo. No se había puesto todavía la camisa cuando no pudo aguantar más.

El sobre era de papel muy basto. Llevaba el nombre y el apellido de Susana, y, entre paréntesis, «Pantito». Maíto se emocionó

al leerlo. Era así como le llamaba su padre, y, a veces, también su madre. Verlo así, como escrito por su padre, le gustaba. Casi hacía que le picaran los ojos.

Rasgó el sobre y abrió el papel.

Susana estaba de perfil, de rodillas sobre la bañera, frotando y frotando a Siquití, que cantaba una malagueña que le había enseñado Estrella. Siquití cantaba muy bien y todos decían que iba a ser artista.

—Como el Camarón —decía su hermana mayor, que se sabía todas las canciones de Camarón, uno de los mejores cantaores gitanos que ha habido nunca.

El papel era rayado, y venía todavía con las ondas rasgadas, con pedacitos de papel pegados como nieve de cuaderno.

La carta era un dibujo,

no había nada escrito en ella. Maíto le dio la vuelta, pero el otro lado estaba en blanco. Así que volvió a mirar el dibujo.

En él se veía a un hombre con el pelo largo muy rizado, barba, y una gran sonrisa. Maíto no tuvo ninguna duda: era el propio Panduro. Se había dejado crecer el pelo, porque la última vez que le vio lo llevaba aún corto. La barba, la solía llevar siempre. Una barba corta, recortada por las mejillas y el cuello.

En el dibujo, Panduro estaba rodeado de macetas, llenas de flores. Diez, veinte macetas, con plantas muy grandes y muchas flores. Encima de Panduro y las macetas, se veía un sol, grande e ingenuo, y un pájaro volando. Igual que el que él había puesto en la firma, encima de la *i* de Pantito.

Maíto se quedó un buen rato contemplando el dibujo. Susana, que estaba de espaldas frotando con fuerza el cuello y las orejas de Siquití, le preguntó:

—¿Qué te dice?

Maíto pareció volver de lejos.

—¿Qué?

—Lo que te dice. ¿Está bien?

—Sí.

Cerraba los ojos, y las flores y las macetas cobraban color y vida.

—Dice que está muy bien, que le han puesto a trabajar de jardinero.

—¿Y qué más?

—Que le gusta mucho ser jardinero.

Un silencio. Susana le espiaba, de reojo.

—Que ha plantado muchas plantas con flores en tiestos, y se han puesto muy grandes.

—¿Sí?

—También dice que se ha dejado crecer el pelo.

Otro silencio.

—Que toma mucho el sol en el jardín del penal.

Pasaba las yemas de los dedos por el papel, y los párpados cerrados le temblaban un poco. Susana pensó que parecía un niño ciego, leyendo con los dedos.

—Y que le gustaría estar libre ya —añadió Maíto—, para venir a vernos enseguida.

Maíto abrió los ojos. El dibujo, tosco y sencillo, le decía aún muchas cosas más. Pero se las calló.

Cuando Susana se levantó para secar a Siquití, vio el papel.

—¿Y ese dibujo?

—Es la carta.

Susana dejó a Siquití envuelto en la toalla y se acercó aún más a Maíto, mirando por encima del hombro.

—¡Pero es un dibujo! ¿Y la carta?

—Es la carta.

—¿El dibujo?

Maíto no contestó. Iba a doblar el papel, un poco molesto por las preguntas de Susana, pero ella se lo impidió.

—¿Puedo verla?

—Sí.

Mientras Susana lo miraba despacio, Maíto le explicó, con todo detalle, lo que «se le aparecía» viendo la carta.

Susana le preguntaba los pormenores:

—¿Y dónde ves lo de que le gustaría estar ya libre? ¿Lo supones?

—¡No! ¡El pájaro!

Y ponía su dedo sobre el pájaro dibujado por Panduro, volando libre, cerca del sol.

—Ya.

Sin embargo, hubo cosas que Maíto no contó, y que se le aparecían en el interior de sus ojos mientras contemplaba la sonrisa y los ojos que Panduro se había puesto a sí mismo.

Al final, dobló el papel, lo metió en el sobre y se lo guardó en el bolsillo del pantalón.

Por la tarde, Maíto le

PIDIÓ PAPEL Y LÁPICES

cuando todos los demás se iban.

—¿Vas a pintar? —le preguntó Susana.

—No, le voy a escribir otra carta a mi padre.

Susana sonrió.

Le gustaba que Maíto quisiera tanto a su padre. Que ella supiera, no se debía a que le regalara consolas de videojuegos ni otras cosas por el estilo de las que alardeaban algunos niños del colegio. Tampoco era la misma mezcla de admiración y respeto que ella había sentido por el suyo hacía muchos, muchos años, cuando era niña y no había juguetes caros. Era... como si Panduro fuera un hermano mayor para Maíto. Al chaval no parecía importarle mucho lo que hubiera hecho, ni que estuviera en la cárcel.

—Eso va con la vida —le había dicho Maíto un día, hablando del tema en la bañera.

¡Va con la vida! Susana sacudió la cabeza.

Era verdad que le daba cariño a Maíto, que le bañaba y le quitaba los chugales con sus uñas, pero, para Susana, era más lo que le devolvía él a ella. ¿Qué? No lo hubiera sabido decir: alegría, emociones a raudales. Cuando calculaba números sin pensar, se sentía muy orgullosa de él. Orgullosa y sorprendida cada vez. Parecía que fuera por casualidad, como un niño que de pronto lanza veinte veces una moneda al aire y las veinte le sale cara; pensaba que aquella racha se iba a romper en cualquier momento. Pero no, casi nunca se equivocaba.

Maíto no era un chaval normal y corriente. En sus ojos había pozos luminosos en los que Susana hubiera querido saber bucear.

Susana se había sentado en su mesa para corregir los últimos ejercicios de matemáticas. Allí estaba el de Maíto: lleno de faltas, descuidado y con varias manchas. Una verdadera catástrofe.

Cuando se trataba de hacer un examen, Maíto parecía otro niño más, o parecía el peor.

Manuel Jiménez, ponía. Era como si al escribir aquel nombre prosaico, Manuel Jiménez, fuera un niño vulgar. No tenía nada que ver con el de verdad, con Maíto, con Maíto Panduro.

Susana se preguntaba qué sucedería cuando llegara al bachillerato. Si llegaba.

Suspiró.

La tarde era verde. No es que el paisaje fuera verde, que siempre lo era en Seseña. Es que la luz se escapaba, y de la hierba, los árboles y los montes emanaba una especie de fosforescencia verdosa. Le hubiera gustado saber pintarla, pero era una negada con los lápices y los pinceles. Por eso se sorprendió aún más al ver lo que Maíto le puso en la mesa, sacándola de sus ensoñaciones.

Maíto la miraba. Sus mejillas eran muy morenas, pero aun debajo de aquella piel tan atezada, se podía ver el rubor. No era que Maíto se hubiera puesto colorado, porque vergüenza no tenía mucha. Es que venía acalorado, enfebrecido por lo que había dibujado, por lo que había sido capaz de dibujar.

En el papel, de una blancura y una limpieza sorprendentes, viniendo de quien venía, se veía la sala de calderas en la que Susana había instalado la bañera. Era una bañera antigua de porcelana, un poco avejentada, de patas curvas y graciosas. Maíto la había conseguido dibujar tal cual era, de una manera admirable, para haberlo hecho de memoria. Detrás, se veía la caldera de la calefacción, llena de tubos y palancas. Y dentro de la bañera estaba Maíto. ¡Era él, con su pelo de noche sin luna, y sus ojos llenos de brillos! Y...

Susana sentía una emoción honda, que le venía despacio del pecho a la cabeza.

Allí estaba ella. De rodillas, con la bata arremangada, y con el cepillo en la mano, fregando la cabeza de Maíto. No faltaba nada en el dibujo: la espuma, pequeños puntitos que salían despedidos de la cabeza con enorme gracia...

—¿Esto son los chugales?

—Sí.

Maíto no esperaba una respuesta, ni una alabanza. Susana se dio cuenta y no dijo nada de eso.

—¿Es la carta que le vas a mandar a tu padre?

—Sí.

Maíto permanecía serio, febril.

—¿Y qué le dices?

—Que yo también estoy muy bien.

Susana hubiera querido levantarse y abrazarle. Pero tampoco lo hizo.

—¿La pongo en el sobre?

—Sí.

—¿Le pones tú la dirección?

—Es igual.

Y se fue.

Desde la puerta, se volvió y le dijo adiós. Susana se quedó sola, en el aula vacía, un buen rato. Miraba el dibujo de Maíto y se veía a sí misma, la bañera...

Aquel dibujo era más que una multiplicación de tres cifras resuelta sin pensar. Era su vida en un trozo de papel.

Susana no tenía a quien contárselo, ni tampoco lo necesitaba. Lo que Susana necesitaba para ser feliz era bien poco.

Después de aquélla,

HUBO MÁS CARTAS,

muchas más. Cada vez llegaban más deprisa las respuestas, desde el penal del Dueso. Maíto abría el sobre, miraba los dibujos en los que se veía a Panduro jugando al balón con otros hombres o tocando la guitarra, sentado en la cama de una celda.

Maíto sonreía viendo los dibujos. Otras veces se reía a carcajada limpia, tosía con su voz de trueno, guardaba otra vez la carta, y durante todo el día estaba muy distraído, nervioso, esperando que llegara la hora de pedirle a Susana los lápices y el papel.

Los dibujos se habían convertido en una especie de código secreto entre él y Panduro. Maíto ya no se limitaba a contarle lo que hacía en el colegio, las multiplicaciones y todo lo demás. Ni tampoco lo que pasaba en su casa, y en el barrio de Seseña la Cueva. Había dibujado a los vecinos, a los perros de los vecinos, la tele nueva de los primos, el coche del hermano de su madre, la detención de los chicos de Calobreña, que era otro vecino malcarado y al que casi nadie quería mucho en el barrio, y también había hecho un dibujo que representaba al patriarca, el Calamar, con su bastón lleno de borlas, hablando con la madre de los chicos del compadre Calobreña, y a don Sebastián trayendo regalos para los churumbeles. Le había contado a Panduro muchas cosas en sus cartas dibujadas, pero ahora había aprendido a preguntar con sus dibujos.

La primera vez fue un caballo muy grande, y una niña que, con larga falda negra y una melena que le llegaba a la cintura, estaba sentada encima del caballo, mirando a lo lejos. Detrás del caballo, montañas, un sol detrás de unas nubes y un lago pequeño, de agua muy azul.

Panduro, en el penal del Dueso, lo entendió muy bien. Su hijo Maíto le preguntaba cómo era su prima Palante, la hija de Radamés, que vivía en Pacillano y montaba siempre a caballo.

Y Panduro respondió con un dibujo en el que se veía a Palante dentro del lago azul, encima del caballo. Y con otro más pequeño en el que se veía a Palante a caballo, y un churumbel a su lado que debía de ser Mutis, el mudito, y una chica de melena negra, aún más larga que la de Palante, que debía de ser Esperanza, la guapa.

No eran dibujos muy buenos los de Panduro. Al igual que los de su hijo, eran toscos y simples, hechos a bolígrafo, con manchitas azules dejadas por la punta del boli sin limpiar. Pero, para Maíto, era bastante.

Los miraba un rato, cerraba los ojos, y dentro de ellos se le aparecían Palante y su caballo.

Al principio, Palante era como la del dibujo de Panduro, pero de pronto la veía de verdad: una niña de mejillas frescas y pelo húmedo, encima de su caballo, con una sonrisa que le hacía cosquillas en el corazón, saliendo de la laguna. Y hasta le parecía oír su voz.

—El caballo se llama *Fuego.*

Fuego era alazán, reluciente y fuerte, un caballo con ojos grandes y que echaba el aliento a borbotones.

—¿Ya sabes galopar? —le preguntaba Maíto.

Y Palante se reía, le daba con los talones a *Fuego,* en la barriga, y los dos salían por la colina dejando una estela de hierba y barro en el aire.

Así que Maíto no quería abrir los ojos. Y seguía con ellos cerrados, y dentro de los párpados, Palante le dejaba montar en *Fuego,* y Maíto galopaba también por la colina, y era como hacerlo sobre nubes verdes, y sentía el calor de *Fuego* entre sus muslos, y la brisa le silbaba en las orejas.

En esos momentos de felicidad, con los ojos cerrados, Maíto pensaba que pronto se casaría con Palante, y que tendrían hijos y vivirían todos en Pacillano, con los Radamés.

Luego los abría y miraba el otro dibujo, en el que estaban Mutis y Esperanza. Y los volvía a cerrar con el sol dándole en la cara, y al principio los párpados estaban rojos por dentro, una pantalla púrpura en la que, poco a poco, veía a Mutis haciéndole señas, y a Esperanza guiñándole un ojo, y escuchaba la voz de Esperanza, que sonaba a arroyo y a esquilas, a campanillas, cantando una canción de retamas y veredas.

Maíto guardaba todas las cartas dibujadas de su padre en una carpeta. Y la carpeta se la guardaba Susana, en su mesa del colegio. Maíto no se las llevaba a casa porque le daba miedo que sus hermanos pequeños las ensuciaran o que su madre, Estrella, las usara para atizar el fuego.

Pero por la noche, tumbado en su cama y con los ojos cerrados, recordaba los dibujos, uno a uno, hasta que formaban un conjunto. Entonces vivía en Pacillano, con los Radamés, con Palante y sus caballos. Pero

LE FALTABA ALGO,

le faltaba Panduro. Una mañana se lo dijo a Susana, mientras ella le secaba con la toalla azul.

—Maestra, ¿cuándo saldrá mi padre del penal?

Susana tardó un poco en responder.

No lo sabía, claro. Pero decir eso, decir «no lo sé», no era una buena respuesta. Y mentir, tampoco.

¿Qué podía contestar? ¿Que pronto? Tampoco estaba muy segura. No había hablado nunca con Estrella de los Cadenilla del tema. Ni de casi ningún otro. Los niños acudían a la escuela, pero por su cuenta, casi porque no tenían otra cosa que hacer durante el día. Los gitanos de Seseña no le daban ninguna importancia a la educación de sus hijos, y si la aceptaban, era más bien por obligación, a regañadientes.

Y cuando era Susana la que subía por el camino del Ripio hacia Seseña la Cueva, no la miraban bien. En la escuela era la maestra. Pero allí, en el barrio, era una paya. Ella misma se sentía mal. Se decía en el pueblo que el Ayuntamiento iba a construir un bloque de viviendas subvencionadas y a arrasar el barrio con máquinas amarillas. Y ni siquiera estaba segura de que meter a los gitanos en pisos fuera una buena solución. Ella no podía hacer nada. Se limitaba a cuidar a los niños en la escuela, a bañar a los que más lo necesitaban, y a sembrar ideas en sus cabezas. Ideas de cultura, de libertad, de limpieza. Sin embargo, pocas de esas ideas llegaban a germinar.

¿Germinarían las ideas que trataba de sembrar cada día en la mente de Maíto?

Susana sacudió la cabeza. No era eso lo que le había preguntado Maíto.

Dobló la toalla azul al tiempo que el chico se vestía. Luego, mientras le peinaba, le dijo:

—Lo voy a averiguar.

Maíto no dijo nada. Miró a los ojos de Susana con una pizca de desconfianza. De repente, era una paya.

No te puedes fiar de los payos, pensaba Maíto. Igual que ellos no se fían de los gitanos.

¿Cómo decía su padre?

«Somos animales muy distintos. Como un caballo es un caballo, y un buey es un buey.»

—Y nosotros, ¿somos caballos o bueyes? —le había preguntado Maíto.

—Caballos, Pantito. ¿No ves que los bueyes son mansos?

Por la tarde, Susana subió por el camino del Ripio.

Le faltaba el aliento. Era una cuesta muy empinada y estaba llena de barro, había que ir por el borde, eligiendo el sitio en que se ponía cada pie.

No había querido subir con Maíto, para que nadie creyera que le traía castigado o que venía a pedir cuentas de cualquier cosa.

Al llegar al barrio de las chabolas, Seseña la Cueva, un perro ladró. Y luego

otro, y otro, y al final todos los perros del barrio habían salido al camino y ladraban hacia ella.

Susana se detuvo. No le daban miedo los perros, y sabía que cuando avanzara hacia ellos le abrirían paso, que retrocederían con el rabo metido entre las piernas, por más que enseñaran los dientes. Pero suponía que ya estaba siendo observada por docenas de pares de ojos. Prefería esperar.

Un minuto después, apareció el Calamar.

Tenía una figura impresionante, con su traje y su sombrero negros, la camisa abrochada, sin corbata, su bastón floreado y sus largos bigotes blancos.

Al verle venir por el camino, avanzó hacia él.

—¿Pasa algo, doña Susana?

Se estrecharon la mano.

—No, venía a ver a Estrella de los Cadenilla.

—¿Ha hecho algo su chico?

Susana sacudió la cabeza.

—¡Qué va! Maíto es un chaval muy bueno.

El Calamar se rió.

Susana no estaba segura de si se reía porque lo creía o por todo lo contrario.

—Pero igual usted sabe algo, ¿le puedo preguntar?

—Claro que puede. Usted hace mucho por nuestros niños.

Susana no quiso replicar con falsas modestias. No era su estilo.

—Verá, Maíto me ha preguntado algo que no le puedo contestar.

—¿De verdad?

El Calamar sonreía con ironía, haciendo que su bigote blanco se agrandara más aún sobre sus mejillas perfectamente afeitadas. Susana sintió vergüenza, como si el Calamar le estuviera diciendo:

«Pero bueno, ¿una maestra no lo sabe todo?».

Sacudió la cabeza, alejando aquel pensamiento incómodo.

—Sí, es acerca de su padre —dijo Susana por fin.

—¿Panduro?

—Sí. ¿Cuándo saldrá de la cárcel?

El Calamar se tocó el sombrero y sacudió la cabeza.

—Eso, nunca se sabe.

—¿Está condenado?

El patriarca miraba a su alrededor. Tardó en contestar.

—Sí, pero a lo mejor tiene otros juicios.

—¿Lo sabrá Estrella?

—Lo sabrá, no digo que no.

Sin decir nada, se encaminaron hacia la chabola de los Panduro.

Al acercarse, como si fuera una explicación, el Calamar dijo:

—No puedo saber cómo están las cosas de todos los que tienen cuentas pendientes con la ley.

Susana asintió en silencio. Eran muchos los que estaban en la misma situación que Panduro, sí.

Estrella, la madre de Maíto, les estaba esperando a la puerta de la chabola.

Permanecía inmóvil, con los brazos cruzados y el gesto duro.

Nunca habían simpatizado mucho Susana y ella. Debía de saber muy bien que era Susana quien bañaba a sus hijos y quien les daba, varias veces al año, ropa nueva para sustituir a la vieja. Eso no debe de hacerle mucha gracia, suponía Susana.

Pero tampoco le importaba. Le gustaba el pueblo gitano: su libertad, su resistencia cultural al mundo de los payos, su orgullo. Pero no entendía otras cosas que, al menos en Seseña la Cueva, eran casi una norma: la ausencia de limpieza, la escasa preocupación por la salud de los niños... Ni mucho menos que, como Estrella había hecho, se casaran a los doce años. Cuando cumplían los veinte, tenían cuatro o cinco niños, sin haber tenido tiempo para estudiar, o para tener infancia, juventud; tiempo.

Estrella no le pidió que pasara al interior de la chabola. Susana se alegró, porque su sola presencia era ya un reproche, y ella no quería reprochar nada a nadie.

Hablaron en la puerta, con el sol poniéndose por detrás del pico. Le daba directamente en la cara a Estrella.

Era hermosa. Y muy joven. La luz doraba aún más su piel, y arrancaba reflejos de su pelo, que llevaba recogido en una larga cola.

Durante un momento, Susana vio a Maíto dentro de la chabola. El sol, que se colaba por la puerta, le iluminó también a él. Pero Maíto no salió.

Mejor, pensó Susana.

Cuando acabó la charla sobre la situación legal de Panduro, no había avanzado mucho. O nada. Las cosas de la ley no eran el fuerte de los habitantes de Seseña la Cueva. La ley se cernía sobre ellos como se cierne la noche, inevitable, inescrutable. Y por la mañana se hacía de día, y el hombre volvía. O no volvía. ¿Quién sabe quién enciende el sol cada mañana?

Se despidieron casi en silencio.

Susana caminaba, pero notaba que Estrella la seguía observando desde el umbral de la chabola, como si quisiera asegurarse de que se iba, de que les dejaba en paz con sus cosas y su manera, tan distinta, de ver la vida.

Bajó hasta su casa con una enorme angustia en el pecho. Si hubiera podido, se hubiera dado bofetadas a sí misma. Por meterse donde nadie la llamaba.

—Sí, Susana —se contestó en voz alta a sí misma.

Los perros aún ladraban allá arriba, en el barrio, mientras permanecía su olor de paya en el aire.

—Sí que te ha llamado alguien. Te ha llamado Maíto.

Al día siguiente no tocaba baño. Pero había carta de Panduro.

Susana esperó a que acabaran las clases para dársela a Maíto. Le gustaba más que nada en el mundo ver cómo se le abrían los ojos de par en par, cómo sonreía, cuando ella le extendía la mano con una carta de su padre en ella.

Le estuvo observando, mientras Maíto recorría con sus ojos el dibujo.

Desde su mesa, Susana no podía ver su contenido. Maíto cerraba los ojos, se quedaba inmóvil, salvo su cabeza, que se movía como si fuese un péndulo, adelante y atrás, mientras... ¿mientras tanto qué? ¿Pensaba? ¿Oía la voz de Panduro? Era un misterio para Susana. Pero sabía muy bien que, en aquellos momentos, padre e hijo se comunicaban. A su modo, ellos hablaban.

Cuando Maíto le pidió papel y lápices, Susana ya los tenía en la mano.

—Toma.

Dejó que dibujara más de media hora. Ella leyó un libro, esperando.

La sorprendió al aparecer frente a ella de improviso.

—Ya está —dijo Maíto cuando ella levantó los ojos.

—Ajá.

Maíto se iba. Susana le llamó.

—Maíto.

—Diga.

—Que mucho.

—¿Mucho qué?

—Tiempo. A tu padre le queda mucho tiempo.

Seguía sintiendo la misma angustia. Por la noche, había pensado en mentirle. En decirle que pronto volvería. Pero le repugnaban las mentiras. Y más, las piadosas. Y aún más, la palabra *piadosa*. La verdad corta, pincha, hace sangre. Pero es la verdad.

Maíto encajó el golpe como pudo.

Se quedó de pie, con los brazos pegados al cuerpo. Luego, inclinó la cabeza. Después de un rato, la levantó. En sus ojos había una rara determinación.

—Déme mi carta.

Susana obedeció. Le dio el papel doblado, y Maíto lo rasgó. Una vez. Dos veces. Tres veces... Hasta que los trocitos eran tan pequeños que ya no podía volver a rasgarlos. Los dejó caer en la papelera.

—¿Me da otro papel?

—Claro.

Maíto volvió a su pupitre con el papel en la mano, sin decir nada. Eligió un lápiz negro y dibujó un penal.

SE LO TUVO QUE INVENTAR,

claro. Nunca lo había visto, ni el penal del Dueso ni ningún otro. Pintó un edificio cuadrado, muy alto, lleno de ventanas con rejas. Y una puerta cerrada. Y un guardia con un fusil.

Faltaba algo. Miró por la ventana, y añadió un cielo negro detrás del penal. Y una luna en cuarto menguante. Con la goma, borró una de las ventanas. O las rejas. Dibujó una cuerda que llegaba hasta el suelo. Y un hombre agarrado a la cuerda, bajando por la pared. Y al hombre le puso pelo negro, rizado, muy largo.

Estuvo mucho rato contemplando el dibujo, retocando los detalles.

Al final, lo firmó: Pantito, como le gustaba a Panduro, aunque no lo pudiera leer. Luego lo dobló con mucho cuidado, con el cuidado que sólo ponía en todo lo relacionado con las cartas a su padre.

Se levantó, y se acercó a Susana.

No se lo dio enseguida. Como si desconfiara. O desconfiando. Al fin y al cabo, era una paya. Miró su bata blanca. Después de pensarlo, lo dejó sobre la mesa.

—¿Lo mandará?

—Claro, Maíto.

Maíto movió la cabeza, asintiendo.

Se arrepentía de haber desconfiado, de haberle hecho esa pregunta. Pero tampoco dijo nada.

Ya se iba. Pero se volvió.

—Gracias.

Susana creyó haber visto más brillo del habitual en sus ojos. A lo mejor estaba llorando. Pero no le iba a dejar que lo viera del todo. Maíto, no.

Ocho días más tarde, llegó la respuesta de Panduro. Cuando la secretaria del colegio le entregó la carta a Susana, a ésta le dio un vuelco el corazón. No había mirado el dibujo de Maíto, porque él no le había dicho que lo hiciera. Pero estaba segura de que tenía que ver con la noticia que le había dado aquella mañana: que su padre tendría que estar mucho tiempo en la cárcel. De modo que la carta de Panduro era la respuesta.

El sobre era el mismo sobre basto de siempre, y la dirección...

No era la misma letra de siempre. Eso sí lo podía mirar. Y lo hizo durante un largo rato. La letra era torpe, muy torpe. Se notaba que la dirección había sido escrita despacio, con cuidado, casi como si hubiera sido copiada letra a letra. Miró el remite: había sido escrito con la misma mano.

Susana sonrió con satisfacción.

—Sí —dijo en voz alta.

—¿Qué?

Era la secretaria la que preguntaba. Susana se había olvidado de ella.

—Nada, que estoy loca. Hablo sola.

—Ya.

La secretaria volvió a lo suyo, y Susana se fue del despacho, con la carta asomando en el bolsillo de su bata.

—Maíto, tu carta.

A Susana le parecía que habían pasado unos pocos segundos desde que Maíto le entregara la suya. Es verdad que habían sido ocho días, muchas clases, un fin de semana en el que no había salido de casa, en el que había estado leyendo porque llovía sin parar. Y un incidente con el jefe de estudios y otro de los chicos gitanos. Y una protesta de padres de los otros alumnos, los payos. Habían pasado cosas, porque la vida seguía su curso, pero entre el momento en el que Maíto había dejado su carta en la mesa, y ese otro en el que ella le daba la respuesta de Panduro, parecía no haber transcurrido el tiempo. Un diálogo, eso era. Y ella, la intermediaria.

Maíto ya estaba en su pupitre, abriendo el sobre. Esta vez contenía un papel más grande, doblado en cuatro, y luego en dos.

Lo extendió sobre la mesa, pasando la mano por los dobleces. Crujía, mientras desvelaba sus misterios.

Panduro había hecho varios dibujos, casi como un tebeo, todos seguidos. En el primero se le veía corriendo, alejándose del penal. En una de las ventanas, sin rejas, había una cuerda colgando.

Maíto se rió, y Susana levantó la vista de su libro, por encima de las gafas.

—¿Qué?

Creía que Maíto le había dicho algo.

—Nada. Me reía.

Por un momento, Susana creyó que le iba a pedir que viera el dibujo. Y tal vez estuvo a punto de ser así.

Pero, en cualquier caso, no lo hizo.

El segundo dibujo representaba el barrio de las chabolas de Seseña, no cabía duda.

Allí estaban las chabolas, con sus antenas de televisión, con un grupo de niños jugando en un charco y hasta con un perro. Y alejándose del barrio por un camino, también corriendo, había un niño.

El corazón se le aceleró a Maíto, dentro del pecho. Tosió con su tos de trueno.

Era él, estaba seguro.

En el tercer dibujo se veía un lugar precioso. Montes, árboles, una casa grande, una laguna, un grupo de caballos... Pacillano, la casa de los Radamés. Por un extremo se acercaba a la casa un hombre con el pelo largo y rizado: Panduro. Por el otro, un niño: Maíto.

En el cuarto, el hombre y el niño se abrazaban. A su lado había caballos, y sobre uno de ellos se veía a una niña torpemente dibujada.

Debajo de los dibujos, en letras muy grandes y desiguales, leyó: «Panduro».

Maíto miró a Susana.

Dobló de nuevo el papel, y volvió a pasar su mano por encima. Lo metió en el sobre, y se levantó.

—Hasta mañana.

Susana cerró su libro. Se daba cuenta de que Maíto estaba alterado, pero no podía saber por qué.

—¿Va todo bien?

—Sí.

Susana se levantó, recogiendo sus cosas.

—Yo también me voy.

Bajaron juntos la escalera.

Las mujeres de la limpieza estaban fregando el recibidor del colegio.

Fuera, llovía. Susana abrió el paraguas y protegió con él a Maíto.

El agua caía sobre la tela del paraguas con un sonido tranquilo y monótono.

—¿Qué te cuenta tu padre?

Maíto se encogió de hombros y se quedó callado.

—Leí una vez una historia, en un libro —le dijo Susana, mientras caminaban—. Trataba de un padre y un hijo.

Al escuchar

«UN PADRE Y UN HIJO»,

Maíto la miró con renovado interés. Susana siguió:

—El hijo quería hablar con su padre, pero no se atrevía. Al padre le gustaba cuidar un pedacito de tierra, en el que plantó..., no sé, creo que era un geranio. Poco después, se murió.

—¿Le mataron? —preguntó Maíto.

—No. Se murió. Los mayores nos morimos, ya lo sabes.

Maíto volvió a encogerse de hombros.

—El hijo no pudo llorar en el entierro de su padre. No veía nada ni a nadie. Sólo pensaba en todo lo que no había sido capaz de hablar con su padre. Le daba una rabia muy grande no poder hacerlo ya. Unos días más tarde, fue al cementerio. Se plantó delante de la tumba de su padre, y le habló. Pero no obtuvo ninguna respuesta.

—¿No estaba muerto?

—Sí, estaba muerto.

—Entonces, ¿cómo iba a responder?

Habían empezado a subir hacia el barrio de Maíto. Susana sonrió, sin que Maíto pudiera ver su sonrisa.

Después de recorrer algunos metros, prosiguió:

—Un día, varios meses después, el hijo se puso a limpiar el pedacito de tierra de su padre. Las ortigas y otras hierbas malas habían crecido por todos lados. De pronto vio el geranio de su padre. Se agachó junto a él, y limpió a su alrededor. Su padre lo había plantado allí, y allí seguía. Y crecía. Y tenía flores rojas, grandes. Olía bien. El hijo acarició un poco las flores y olió sus dedos. Luego, extendió la mano hasta agarrar uno de los tallos. Estaba fresco, lleno de vida. Lo apretó. ¿Y sabes que pasó?

—No.

—Pues que oyó dentro de su cabeza la voz de su padre, hablándole. Venía del geranio, del tallo que apretaba en su mano. Al principio sintió miedo. Y se fue de allí sin mirar atrás. Pero al día siguiente volvió, agarró el mismo tallo, y cerró los ojos. Escuchaba de nuevo la voz de su padre. Entonces le hizo una de las preguntas que nunca se había atrevido a hacerle cuando aún estaba vivo. Y escuchó la respuesta. Era una respuesta tan dulce como el olor del geranio. Desde aquel día, cada vez que tenía un problema, una duda, iba al pedacito de tierra y, con el geranio apretado en su mano, hacía preguntas y escuchaba las respuestas de su padre.

Susana se quedó en silencio, respirando con dificultad. La cuesta del Ripio podía siempre con ella.

—Hala, vete a casa.

Hasta ellos llegaba un ritmo machacón que salía de la primera chabola de Seseña la Cueva.

Maíto anduvo unos pasos, pero se volvió hacia ella.

—¿Y qué pasó después?

—El libro no lo decía. La historia acababa ahí.

Maíto siguió caminando hacia su casa, con la cabeza algo agachada. Susana le miró hasta que le perdió de vista, entre las sombras.

Esa noche, Maíto cerró los ojos en su cama mientras pensaba en los dibujos de su padre, y se le apareció Pacillano. Era

TAL COMO LO HABÍA IMAGINADO

otras veces. Tranquilo, despejado, con los montes azules a lo lejos como único límite a su mirada. De la casa de los Radamés salía humo, y Maíto podía imaginar hasta eso: el aroma del humo de leña de roble, tan distinto al olor insoportable que salía de las chimeneas de su barrio, en las que muchas veces se quemaban plásticos porque no había otra cosa.

Y allí estaba él, cuando Panduro llegaba por la carretera, con un lío de ropa en la mano y un pitillo colgándole de los labios, y su largo pelo rizado mojado por la lluvia. Se abrazaron, como en el dibujo.

¿Sería verdad? Maíto abrió los ojos. ¿Le proponía su padre que se fuera a Pacillano, a esperarle?

Se removió en su cama. Siquití tosía en la suya, y su madre le decía cosas en voz baja al pequeño, para que conciliara el sueño.

No. Maíto era un niño, pero tampoco se dejaba llevar tanto por la fantasía. Ni era fácil que su padre escapara del penal, ni menos aún que él pudiera irse a Pacillano. Era como en el cuento de Susana, pensó. El de la planta que el hijo sostenía en su mano para hablar con su padre muerto. Eso no era posible. Pero era verdad. Otra verdad.

Lo comprobaría. Mentalmente, fue trazando el dibujo que le haría a su padre al día siguiente, en la escuela. Los dos, o mejor los tres, ellos dos y Palante, galopando por las praderas de Pacillano, subiendo hacia Pacillanín, donde tenían la cabaña en la que pasaban el verano los Radamés con el ganado.

Y un fuego en medio de la noche. Dibujaría a Esperanza, la hermana guapa de Palante, con una guitarra, delante de la hoguera. Y Panduro dando palmas. Y Palante y el propio Maíto sentados ante el fuego, escuchando el cante de Esperanza.

Cuando se durmió, en los prados de Pacillano de su imaginación, de sus sueños, nacieron cientos de geranios. De flores rojas, enormes. Y de olor dulce.

Por la mañana corrió cuesta abajo, hacia el colegio. Encontró a Susana en la sala de calderas, preparándolo todo para el baño.

—¿Puedo dibujar en vez de bañarme?

Susana le miró. Estaba sucio, como de costumbre. Con el pelo revuelto, como de costumbre. Y en él, a juzgar por lo que se rascaba... Como de costumbre, también.

—Cada cosa a su tiempo, Maíto.

—Hoy es tiempo de dibujar, maestra.

Por la puerta entraba Siquití.

—Maíto, no me has esperado.

Maíto ni siquiera le respondió.

—Tú corrías y corrías, y yo detrás... —insistía Siquití.

Susana le revolvió el pelo a Siquití.

—Ven, Siquití. Al agua patos.

Apenas miró a Maíto. No necesitaban mucho ya para entenderse. Maíto entendió que ella le daba su autorización. Salió corriendo de la sala de calderas, y subió los escalones de dos en dos.

El aula estaba vacía. Faltaba casi media hora para que sonara el timbre. Se acercó a la mesa de Susana, abrió el cajón, y vio la caja de lápices junto a un montón de papeles de dibujo.

Poco después estaba en su pupitre, con la cabeza inclinada y la mano corriendo por el papel, llenándolo de fuego y guitarras.

La respuesta de Panduro fue más rápida esta vez. Apenas seis días. Cuando Maíto rasgó el sobre, el corazón le saltaba en el pecho.

Y allí estaba. Pacillano, la casa de Radamés... Y también estaba su madre, Estrella, y sus hermanos. Maíto sintió una extraña mezcla de decepción y alivio. Había deseado que la carta no llegara nunca, y así él hubiera entendido que lo que le decía Panduro era verdad: que iba a serrar los barrotes y a irse a Pacillano, a esperarle.

Maíto también lo hubiera hecho. La carretera, caminar, subirse a un camión... Lo que fuera. Pero no era así. Panduro seguía en el Dueso, en el alto edificio de muchas ventanas, con un guardia en la puerta, y la puerta cerrada con una cerradura muy grande. Nunca habría una ventana con los barrotes serrados, ni una cuerda colgando de la ventana. Y Maíto seguiría en la escuela. Y en Seseña la Cueva.

Maíto y Panduro soñaban con Pacillano a través de sus cartas sin palabras. La conclusión era así de simple: sólo soñaban.

Susana le miraba por encima de las gafas, con disimulo. Maíto también la miró. No dijo nada. Había aprendido ya que para hablar no hay que decir muchas palabras. Que basta con mirar, con hacer. Por lo menos, con Susana. Y con Panduro. Odió las palabras. Muchas palabras eran mentiras. Las había oído muchas veces. Bonitas, llenas de promesas. Pero palabras. Prefería los dibujos de Panduro. Las miradas de Susana.

—¿Qué te cuenta?

Maíto estuvo a punto de encogerse de hombros. Pero sabía que esa respuesta no le gustaba a Susana. No preguntaba mucho, pero cuando lo hacía, merecía una respuesta.

—Que en Pacillano ya no llueve. Que viene la primavera.

Susana asintió, en silencio. Miró por la ventana. Era verdad. También en Seseña empezaban a crecer los días, y ya no llovía tanto. Los árboles se llenaban de brotes.

—Debe de ser un sitio muy bonito.

—Sí —dijo Maíto. Y dobló el dibujo de Panduro, lo aplastó, y lo devolvió a su sobre.

NO SÉ CUÁNTO TIEMPO

pasó. Fue antes del verano.

El colegio estaba revolucionado. Habían terminado los exámenes y, con las vacaciones tan cerca, nadie, ni maestros ni alumnos, estaba ya con la mente muy clara.

Susana había continuado haciendo de intermediaria entre Maíto y Panduro. Cada semana llegaba una nueva carta, y al día siguiente de recibirla, Maíto le entregaba la respuesta.

Hubiera dado cualquier cosa por ver sus dibujos, pero Maíto nunca se los había vuelto a enseñar. Tal vez porque no lo había pensado, sin intención de ocultarle nada. Pero Susana tampoco se lo había querido pedir. Le bastaba con conservar su secreto, sus secretos. Y también le bastaba con saber que aquellos dibujos eran un lenguaje propio entre los dos.

Susana, eso sí, siempre estudiaba el sobre de Panduro con mucha atención. La letra se había ido haciendo más y más firme, más proporcionada. Ella se imaginaba lo que estaba pasando. Pero Maíto no parecía haberse dado cuenta de aquello. Siempre tenía demasiada prisa como para detenerse a observar el sobre, la dirección.

Aquel día, como tantos a lo largo del año, Maíto corrió a su pupitre con el sobre en la mano. Ya le había pedido a Susana los lápices y el papel para dibujar su respuesta. Como cada semana.

Maíto abrió el sobre. El papel era mucho más pequeño que otras veces. Estaba doblado por la mitad. Maíto percibía algo extraño. Dudó un momento, pero al fin lo desdobló.

No había ningún dibujo.

Había letras. Torpes, como trazadas por un niño.

La vista se le nubló. Tragó saliva. Y leyó, moviendo los labios con un bisbiseo, pasando por alto todas las faltas de ortografía:

«Hola Pantito la presente es una sorpresa ya sé escribir estoy bien tú también. Panduro».

Nada más.

Maíto sintió que un sollozo le subía por la garganta, como solía pasarle con la tos de trueno. Quiso ahogarlo, pero no pudo.

Las palabras de Panduro, comparadas con sus dibujos, no eran nada. Nada.

De golpe, Panduro dejaba de ser lo que había sido hasta entonces para él.

Dejó caer la cabeza sobre sus brazos, y lloró.

Susana levantó los ojos al oír el sollozo de Maíto. Entonces lo vio. Su cabeza se agitaba sobre el pupitre, entre los brazos.

Se levantó alarmada y se acercó a él. Le acarició el pelo.

Maíto dio un respingo. Al separar la cabeza del pupitre, Susana pudo ver la carta de Panduro. Sus letras torpes, sus pocas palabras llenas de faltas...

Lo sabía. Lo había sabido desde hacía tiempo, desde que había sospechado que era Panduro el que ponía la dirección en el sobre. Había estado aprendiendo a leer y a escribir en el Dueso, sin decirle nada a Maíto, para darle una sorpresa.

Y se la había dado.

Pero Maíto lloraba. Susana no entendía bien por qué. También había creído que, cuando llegara el momento, Maíto se alegraría. Pero el momento había llegado, y Maíto lloraba.

—¿Qué te pasa, Maíto?

Maíto se sorbió los mocos de forma muy ruidosa.

—Prefería los dibujos.

—Dile que también te siga mandando dibujos.

Maíto no respondió. Susana empezó a entender lo que sentía: la decepción, el vacío. Escribiendo, su padre era como todos los padres. Peor aún: apenas sabía escribir; tal vez, a Maíto hasta le avergonzara ver que escribía peor que él mismo, un niño.

Las palabras escritas, por una vez, jamás llegarían a tener la capacidad de evocación que tenían los dibujos intercambiados por los dos. Nunca les harían soñar como les habían hecho soñar sus dibujos.

Durante un buen rato, ninguno dijo nada.

Los sollozos de Maíto se iban apagando. Se frotaba los ojos para borrar sus lágrimas, y Susana recorría con sus dedos aquel pelo que conocía tan bien, que había cepillado tantas veces, en el que había hecho tantas cacerías de chugales. Oír la voz de Maíto la sorprendió casi tanto como la pregunta:

—Maestra, ¿qué pasó con el hijo que hablaba con su padre agarrando la flor?

Susana pensó un poco. Luego dijo:

—No lo sé, Maíto. Supongo que creció, que olvidó aquello. Que al geranio se lo comieron las ortigas, o los caracoles. Todo lo que empieza, acaba un día.

Maíto la miraba con sus ojos negros y profundos. Inmóvil.

—Pero Maíto: cada vez que acaba una cosa, empieza otra.

—Nunca será igual —insistió Maíto, moviendo la cabeza a uno y otro lado.

Susana sonrió. Acarició una vez más el pelo de Maíto.

—Ya lo sé. Nunca será igual.

Miró la carta de Panduro. Qué orgulloso debía de estar. Pero qué daño le hacía esa carta a su hijo, a Maíto.

Maíto prefería los dibujos, porque a través de ellos eran libres, soñaban, hablaban sin las dificultades de la ortografía, los puntos, las comas...

—Aprenderá, Maíto. Escribirá cada vez mejor.

Maíto miraba una y otra vez las torpes palabras de su padre, mal escritas, las faltas... Escribía peor que él, que Siquití.

Aquél no era el padre que le hacía sentirse orgulloso, por encima de las chabolas, los payos y sus cárceles.

Al cabo de un momento, Susana le dijo:

—Oye, te voy a dejar el libro del geranio, ¿quieres?

—¿El del padre y el hijo?

—Sí. Ése. Lo lees, y luego se lo mandas a Panduro. Y que lo lea él también. Un día te escribirá una carta que también te hará soñar. Cada cosa que acaba, deja su sitio a otra nueva.

Maíto no respondió.

—Sé que ahora no lo ves así —insistió Susana.

Ella pensaba en lo moderadamente extraño que era aquello. Jamás hubiera pensado que aprender a escribir pudiera ser malo para nadie. Panduro había hecho un gran esfuerzo para hacer feliz a su hijo, para poder escribirse con él. Pero, por una vez, que Panduro hubiera aprendido a escribir era una pequeña tragedia...

—Pero no tiene por qué ser peor —dijo por fin, más para ella que para el propio Maíto.

Susana vio que los ojos de Maíto se alejaban. En ellos había un libro.

—¿Es un libro muy gordo?

Susana sonrió.

¡Aquél era Maíto, su Maíto! En sus ojos había un libro, sí. Y otro. Y una carta. Y una respuesta. Y otra carta. Y otra.

—Esta vez, te toca enseñarle tú a él.

Maíto la miró por encima de las manos. Y sonrió. Susana pensó: «Sí señor, éste es Maíto».

Un año después, Susana

RECORDARÍA AQUELLA ÉPOCA

con nostalgia. Las noticias habían sido malas, y las dificultades, muchas. Las máquinas amarillas hicieron su aparición, poco a poco, ante las chabolas, y a las familias de Seseña la Cueva les dieron las llaves de los pisos de protección oficial que habían hecho abajo, junto al campo de fútbol. Algunas de las familias habían aceptado el cambio. Pero otras no. La de

Estrella fue de las primeras: estuvo más de un mes en el nuevo piso, con Maíto y sus hermanos.

Una mañana, Maíto apareció en el colegio con ojos chispeantes:

—¡Maestra, nos vamos a Santander!

Al parecer, Estrella había encontrado familiares por la zona, mucho más cerca del penal del Dueso, más cerca de Panduro.

—Qué bien, Maíto.

Pero a Susana le costaba sonreír. Separarse de Maíto, de Siquití... Vendrían otros, claro, y ella seguiría luchando contra los chugales, y logrando que uno o dos se interesaran por los estudios. Pero como Maíto...

—¿Y cuándo os vais?

—El mes que viene.

Maíto daba saltos de alegría.

No le duró mucho, sin embargo. Estrella se fue, pero sin ellos. Y Susana dudaba mucho de que se hubiera ido a Santander. Más bien suponía, por lo que oía por aquí y por allá, que se había dejado llevar por alguna historia del pasado, anterior a su boda con Panduro.

Siquití estaba en la casa de acogida para los más pequeños, y Maíto y el resto de sus hermanos en la Casa Grande. Sus hermanas lloraban sin parar, y no querían ninguna ayuda de los payos. Decían que éstos no entendían nada.

—Ayer fui con mis hermanas a ver a Siquití —le dijo Maíto a Susana.

—¿Y cómo está?

—De mí, sí. Pero no quiere saber nada de mis hermanas. Dice que no quiere ir con ellas. Y llora, y llama a la «mama».

—Pues tendrá que ir con vosotros dentro de poco.

Maíto solía irse por las tardes al solar en el que se había convertido el barrio de las chabolas. No quedaban ni siquiera los escombros, porque los habían apisonado. Pronto construirían nuevos bloques para payos, desde los que se podría ver todo el valle de Seseña.

Pero, en la enorme explanada, se habían salvado un ciruelo al que Maíto solía subirse cuando era mucho más pequeño, y el caño.

Se sentaba con la espalda apoyada en el pequeño mojón de la fuente, escuchando tras su cabeza el murmullo del agua. Le traía recuerdos que le ponían muy triste. Allí tenían que acudir para lavar, todos los días, las mujeres de Seseña la Cueva. Allí había jugado él, cuando aún era muy pequeño, con su padre. Entonces había allí risas y cantes. ¿Por qué había ahora un silencio tan grande? Junto al ciruelo, sentía algo parecido a lo que sentía el hijo acerca de su padre, en el libro del geranio.

A veces, Susana subía por la cuesta del Ripio para hacerle compañía. Se sentaba con él, le contaba cuentos, le ponía algunos problemas de multiplicaciones para que Maíto sonriera cuando decía la cifra, exacta y milagrosa.

Una tarde, Susana se le encontró refrescando la cabeza en el caño.

—¿Qué tal las cartas de Panduro?

—Bien, pero hace una semana que no me escribe.

—¿Y aprende?

Maíto movió la cabeza para afirmar en silencio. Había arrancado el tallo de una hierba y lo tenía en la boca, como si fuera un gigante y se hubiera tragado un barquito velero.

Sí, aprendía. Sus cartas ya no eran como los dibujos de antaño, pero estaban llenas de vida, de ganas de mejorar. Muchas veces las releía allí mismo, junto al caño, y más de una vez había escrito la contestación en aquel mismo lugar, cerca del ciruelo en el que habían jugado juntos.

Al solar ya no subía nadie. Lo harían dentro de poco, cuando se empezara a construir. Pero sería otra gente la que lo hiciera. Mientras tanto, parecía un monte pelado, creaba la ilusión de ser un lugar muy agreste, alejado de todo.

Por eso, a Maíto y a Susana, sentados en sendas piedras, les extrañó aún más ver llegar a alguien.

Venía también de la cuesta del Ripio, con el sol a la espalda. Una silueta oscura, con un bulto bajo el brazo.

Maíto canturreaba una canción de Camarón, la *Nana del caballo,* y contemplaba al extraño que caminaba hacia ellos o tal vez hacia el caño de la fuente, en busca de un poco de agua.

Susana vio el cambio en el rostro de Maíto. Igual que si en una tarde de tormenta el cielo se abriera y saliera el sol, dorado y magnífico.

No se escuchaba nada, salvo el borboteo de la fuente y el lejano runrún de la carretera de Oviedo. Hasta que la respiración de Maíto se fue haciendo más intensa.

Susana prefirió no perderse el espectaculo. No desvió la mirada hacia el extraño, porque prefería asistir al milagro que estaba ocurriendo en el rostro de Maíto. De pronto tosió con su voz de trueno. Dijo una palabrota muy malsonante, y se puso de pie como si le hubieran dado un pinchazo en el trasero.

Pequeño y frágil, con su cabeza llena de números misteriosos y de caballos lejanos, de montes verdes y lagos azules. La cabeza de Maíto, la que tanto le había gustado cepillar, acariciar.

Susana apretó las mandíbulas y reprimió su emoción.

El extraño dejó con cuidado el bulto a sus pies y abrió los brazos. Llevaba el pelo largo y rizado, y recordaba a Camarón. Y su sonrisa también.

Susana nunca había visto a Panduro de cerca, sólo a veces, años atrás, con sus amigos, casi siempre a bordo de un coche con la música a todo volumen. Pero había visto sus dibujos. Se acordó del pájaro, de la pequeña línea que Maíto había entendido como que quería estar pronto en libertad. Y lo estaba, por fin.

Panduro y Maíto no dijeron nada. Se abrazaron largo rato, en silencio, movien-

do los pies como si bailaran de un lado a otro.

Cuando se separaron, Panduro miró a Susana. Al principio, serio. Pero luego, se le iluminó el rostro con una sonrisa.

—Yo a usted la conozco. ¡Guerra a los chugales!

—Abajo con ellos —sonrió Susana, abrazándose las rodillas.

—Mira, «papa», el ciruelo —logró decir Maíto.

Susana pensó entonces en el geranio del libro, el que permitía al hijo hablar con su padre muerto.

Panduro miró al ciruelo, al caño de la fuente, a su alrededor, y luego hacia el pueblo. Susana sabía que estaba pensando en Estrella, pero no dijo nada. Le fascinaba el mundo de los gitanos, y, sin embargo, ni lo entendía, ni ya lo pretendía entender.

—Tus hermanos me han dicho que podías estar aquí —dijo Panduro.

—Ellos no vienen nunca.

Panduro sonrió.

—Nos vamos, Pantito.

—¿Quiénes?

—Nosotros, tú, Siquití, tus hermanos...

Maíto miró hacia las montañas.

—¿Y adónde vamos?

Panduro se acuclilló, y su cabeza quedó a la altura de la de Maíto. Cruzaba las manos delante de sus rodillas.

—A Pacillano, Pantito. ¿No me dibujaste que querías montar a caballo y conocer a la prima Palante?

Maíto no fue capaz de responder. Tragaba saliva, y permanecía con los ojos abiertos de par en par, llenos de caballos y lagos, y montes, y con Palante, que le sonreía desde la grupa de su caballo *Fuego* y le extendía la mano para que él también montara...

—El tío Radamés me ha dicho que necesita a alguien que pueda conducir un remolque.

Susana sonrió y se alejó un poco. En el mundo de los gitanos, nada es para siempre. Cambios, amores, desamores. Pacillano sonaba muy bien. Y conducir un remolque también. No duraría, porque nada dura mucho en un mundo de nómadas. Pero Maíto aún no lo sabía. Para él, Pacillano era eterno.

Susana volvió la cabeza, y los vio a los dos,

UNO FRENTE AL OTRO,

mirándose. El pelo largo y rizado de Panduro, la cabeza negra de Maíto, con su mechón rebelde. Y el ciruelo, raquítico y solitario. Y el caño de la fuente, una línea recta y breve, saliendo de las entrañas de la tierra.

No podía oírles.

Era como un dibujo sin palabras, de nuevo.

Índice

SI QUIERES SABER MÁS SOBRE ESTE TEMA,
NO TE PIERDAS LA INFORMACIÓN
QUE APARECE EN:

www.grupoeditorialluisvives.es/dossier

Títulos publicados

Serie Verde

1. *El corazón del sapo.* **Germán Sánchez Espeso**
2. *El libro de Guillermo.* **Carlo Frabetti**
3. *El anillo de Midas.* **Patxi Zubizarreta**
4. *Maíto Panduro.* **Gonzalo Moure**
5. *¿De vacaciones en México?* **Marinella Terzi**
6. *Agualuna.* **Joan Manuel Gisbert**
7. *Un amigo en la selva.* **Alfredo Gómez Cerdá**
8. *La niña de plata.* **Carmen Gómez Ojea**
9. *La isla de Nim.* **Wendy Orr**
10. *Aún quedan piratas en la Costa de la Muerte.* **Consuelo Jiménez de Cisneros**
11. *El grito de la grulla.* **Samuel Alonso Omeñaca**
12. *El misterio del colegio embrujado.* **Ulises Cabal**